LUNETTES
INCOGNITO ©

SUPER
PERRUQUE

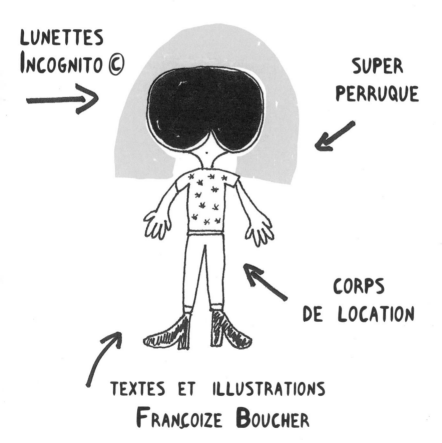

CORPS
DE LOCATION

TEXTES ET ILLUSTRATIONS
FRANÇOIZE BOUCHER

Nathan

LIRE FAIT **GRANDIR** (BEAUCOUP PLUS VITE QUE LA SOUPE). IL EST PROUVÉ QUE SI TU AS **100** ANS ET QUE TU LIS **TOUJOURS**, TU **GRANDIS ENCORE!** SANS JAMAIS T'ARRÊTER!

LIRE DÉVELOPPE TON VOCABULAIRE, AMÉLIORE TON EXPRESSION ET REND DONC TA CONVERSATION TOTALEMENT FASCINANTE

→

LA PREUVE

PASSE—MOI LE SEL !

AVANT LECTURE

AURAIS—TU, **MON AMOUR**, L'IMMENSE DÉLICATESSE (SI CE N'EST POINT ABUSER) DE ME TENDRE GENTIMENT LE **C**HLORURE DE **S**ODIUM AFIN QUE J'EN ASSAISONNASSE MES POMMES FRITES ? **MERCI D'AVANCE**

APRÈS LECTURE

LIRE NE FAIT PAS GROSSIR DU TOUT

MILLE-FEUILLE

1000 CALORIES

MILLE PAGES

0 CALORIE

ALORS DÉVORE DES LIVRES PLUTÔT QUE DES PÂTISSERIES OU DES SAUCISSES !

PEUX-TU TOMBER MALADE À FORCE DE TROP LIRE ?

À L'HÔPITAL, MALADE ATTEINT DE LECTURITE AIGUË (APRÈS AVOIR LU **20** ROMANS ET **12 BD** EN **3** JOURS)

RÉPONSE

NORMALEMENT NON,
MAIS SOIS PRUDENT...

CAR TU PEUX CARRÉMENT **MOURIR !**

TOURNE VITE LA PAGE
POUR SAVOIR COMMENT

LA PREUVE : CETTE PERSONNE
S'EST ÉTRANGLÉE HIER SOIR
EN LISANT UN LIVRE
HILARANT

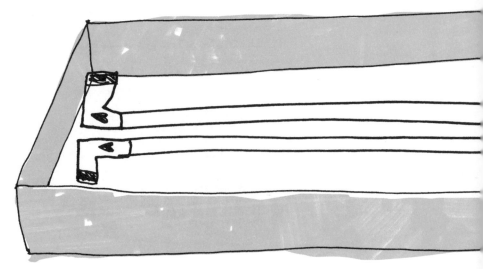

HAHAHA !!!

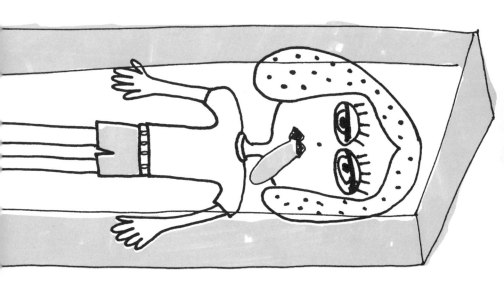

POUR ELLE, IL EST TROP TARD,
MAIS MÉFIE-TOI, UN BOUQUIN
MORTELLEMENT DRÔLE
PEUT VRAIMENT TE FAIRE
DÉCÉDER
DE RIGOLADE

SI TU ADORES UN LIVRE
(OU SI TU N'AS PAS TOUT COMPRIS)
TU PEUX LE LIRE
ET LE RELIRE

1000 FOIS

MAIS,

SI TU ADORES
LE CHOCOLAT,
TU NE PEUX JAMAIS
REMANGER LE MÊME,
IL FAUT QUE TU ACHÈTES
UNE NOUVELLE TABLETTE...

LA PREUVE

AVANT	APRÈS
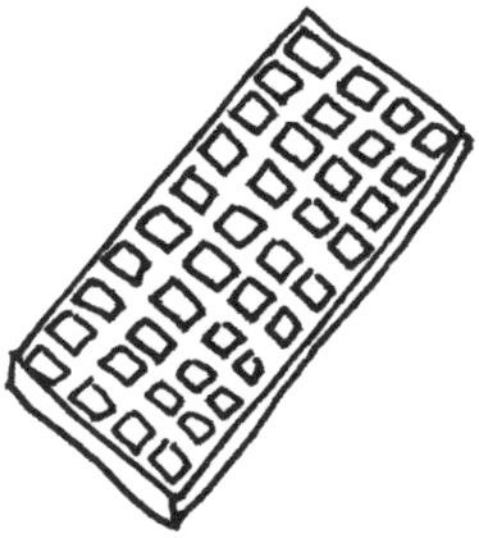	QUAND TU AS TOUT MANGÉ Y EN A PLUS 
	QUAND TU AS TOUT LU  Y EN A ENCORE !

C'EST CHOUETTE, NON ?

TU PEUX
T'IDENTIFIER
AUX
PERSONNAGES
ET QUITTER LA
RÉALITÉ POUR VIVRE
DE FABULEUSES
AVENTURES

LIRE DÉVELOPPE
TON IMAGINATION

TOUTE PETITE ANNONCE

Compte tenu
du **NOMBRE INCALCULABLE
DE PERSONNES**
QUI VONT REGARDER CE LIVRE,
L'AUTEURE EN PROFITE
POUR PASSER UNE PETITE ANNONCE
QUI N'A RIEN À VOIR AVEC LE SUJET

PERDU DEPUIS
3 MOIS

SAC EN CROCODILE CONTENANT
UN MILLION DE DOLLARS EN BILLETS
ET UN SANDWICH À LA MORUE

MERCI D'APPELER AU
06 84 48 48 40

GRÂCE AUX LIVRES,
TU PEUX RESSENTIR DES
TONNES D'ÉMOTIONS
COMME :

LA **JOIE**

LE CHAGRIN

MATÉRIEL POUR LIRE
UN BOUQUIN TRISTE
SANS TE NOYER
DANS TES LARMES

MOUCHOIRS
MAGIQUES

LA COLÈRE !!!
LA PEUR
LE DÉSIR
L'ÉMERVEILLEMENT
LA MÉLANCOLIE
ET CETERA...
C'EST VRAIMENT TOP !!!

TU PEUX VRAIMENT
LIRE PAR
TOUS LES TEMPS

QUAND IL **PLEUT**

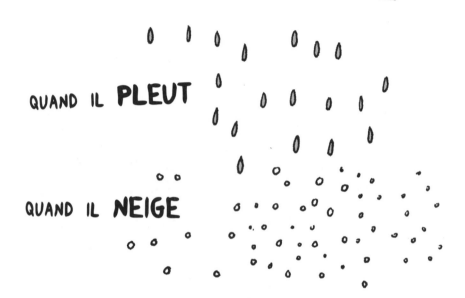

QUAND IL **NEIGE**

QUAND IL FAIT **TROP CHAUD**

CECI EST
UN MIRAGE →

ET VOICI
UNE HALLUCINATION

QUAND IL FAIT −25°C

PENDANT UN CYCLONE

À VÉRIFIER

OU UN TREMBLEMENT
DE TERRE

PAS BESOIN DE
CONSULTER LA MÉTÉO

LORSQUE TU AS FROID (OU QUE TU ES TRISTE), CERTAINS LIVRES PEUVENT TE RÉCHAUFFER LE CŒUR

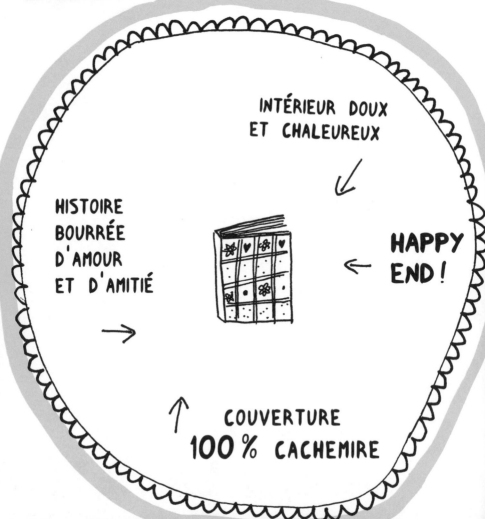

MÊME LES OURS POLAIRES EN VEULENT !

GLA! GLA! GLA!

UN LIVRE PEUT TE SAUVER SI QUELQU'UN ENTRE DANS TA CHAMBRE QUAND TU ES TOUT NU

⟹

CERTAINS LIVRES PEUVENT TE RENDRE **SUPER INTÉRESSANT** ET **CAPTIVANT ET TE FAIRE BRILLER** AUPRÈS DE TES AMIS

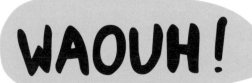

WAOUH !

BOF BOF...
AUSSI FASCINANT
QU'UNE MOULE

LE MÊME
EN BEAUCOUP
+ BRILLANT !!!

TU VOIS LA DIFFÉRENCE ?

TU PEUX **LIRE PARTOUT,** VRAIMENT **PARTOUT**

MÊME SUR TON VÉLO AVEC UN PÉRISCOPE

ROMÉO ET JULIETTE

CHAUD DEVANT !!!

BONNE NOUVELLE :
Un livre NE TOMBE JAMAIS EN PANNE

NOTE : SI TU VOIS UN JOUR
QUELQU'UN POUSSER UN LIVRE
DANS LA RUE, C'EST UN DINGUE

CERTAINS LIVRES SONT VRAIMENT ÉPATANTS !

←LE LIVRE QUI RETOURNE TOUT SEUL
À LA BIBLIOTHÈQUE AVANT LA DATE LIMIT
POUR T'ÉVITER UNE AMENDE

LE LIVRE QUI TOURNE
SES PAGES TOUT SEUL →

LE LIVRE PHOSPHORESCENT
QUE TU PEUX LIRE DANS LE NOIR

ESPÈCE DE
GROS CRÂNEUR !

VER LUISANT <u>JALOUX</u>

VOYAGE
AU BOUT
DE LA
NUIT

LE LIVRE ÉLECTRIQUE :
TU LE BRANCHES
ET IL TE RACONTE
SA BELLE HISTOIRE

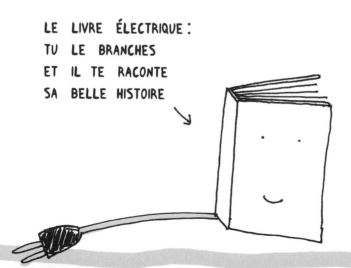

D'AILLEURS, SI TU N'AIMES PAS CE LIVRE, PRONONCE VITE LA FORMULE MAGIQUE POUR OUVRIR LE PASSAGE SECRET ET T'ÉCHAPPER SANS LE FINIR

(FORMULE MAGIQUE À RÉPÉTER 3 FOIS)

OKEU SLIVRÉ NAZE
OKEU SLIVRÉ NUL
OKEU JAIMPA SBOUKIN

MAIS RÉFLÉCHIS BIEN ! TU NE SAIS PAS OÙ MÈNE CE PASSAGE ! TU PEUX TE RETROUVER DANS UN ENDROIT PIRE QUE CE LIVRE COMME DANS UN MARÉCAGE BOURRÉ D'ALLIGATORS GÉANTS AFFAMÉS
OU AU FOND D'UN POT DE CORNICHONS PÉRIMÉS
OU DIRECTEMENT SUR UNE PLANÈTE INCONNUE
ICI SORTIE DE SECOURS
BON DÉBA-RAT !

ET VOILÀ ! ON T'AVAIT PRÉVENU !
OBSERVE CE QUI EST ARRIVÉ
AUX LECTEURS QUI ONT UTILISÉ
LE PASSAGE SECRET

 = LECTEUR MAL BARRÉ, OU CE QU'IL EN RESTE

PLANÈTE
DES MONSTRES
AFFAMÉS

Tu n'es pas **OBLIGÉ** de lire les livres qui plaisent à **TOUT LE MONDE**, tu dois trouver ceux **QUI TE PLAISENT À TOI** Parce que **TU ES UNIQUE AU MONDE...**

LUI AUSSI, AU FAIT

MONSIEUR **LITOU**
L'HOMME QUI AVAIT
6 YEUX ET **6** MAINS POUR POUVOIR
LIRE **3** ROMANS EN MÊME TEMPS

D'AILLEURS, IL EXISTE
DES LIVRES SUR TOUS
LES SUJETS
QUI TE PASSIONNENT

PAR EXEMPLE,

SI TU VEUX COMPRENDRE CE QUE RACONTE
TON CHAT QUAND IL EST DE MAUVAIS POIL

LE MIAOU
EN 10
LEÇONS

★ TRADUCTION : ESPÈCE D'ANDOUILLE, TU AS ENCORE OUBLIÉ MES CROQUETTES AU CAVIAR

PUB

OBSERVE
LES FABULEUX
EFFETS DE
LA LECTURE
SUR LE CORPS
HUMAIN

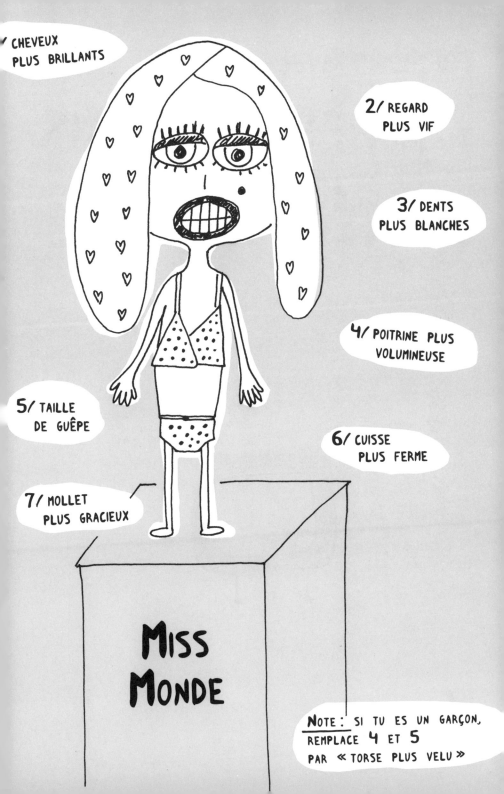

AU MOINS AVEC UN LIVRE,

TU NE **PERDS JAMAIS**

LA TÉLÉCOMMANDE

BIP !

BIP !

Un livre n'attrapera **JAMAIS** un affreux **VIRUS** comme celui qui peut attaquer **TON ORDINATEUR**

À L'ASSAUT, LES GARS! MIAM MIAM!

Donc tu n'as jamais besoin de t'énerver avec la **HOT LINE**

BUG

5 BONNES RAISONS (DONT 2 NULLES) D'OFFRIR UN LIVRE PLUTÔT QUE DES FLEURS LORSQUE TU ES INVITÉ :

1. INUTILE DE CHERCHER UN VASE

2. PAS BESOIN DE CHANGER L'EAU

3. IMPOSSIBLE DE SE PIQUER À SES ÉPINES

4. TU PEUX LE LIRE AVANT
   (PAS TRÈS TRÈS POLI QUAND MÊME)

5. TU PEUX AUSSI OFFRIR UN LIVRE
   QUE TU AS REÇU EN CADEAU
   MAIS QUE TU N'AIMES PAS DU TOUT
   (CARRÉMENT ILLÉGAL)

   <u>NOTE</u> : OUBLIE TOUT DE SUITE CETTE IDÉE
   SI TU VEUX GARDER TES AMIS

EN PLUS, IL NE FANERA PAS
COMME CETTE ABRUTIE DE MARGUERITE !

JOUR 1

UNE SEMAINE
APRÈS

AU MOINS AVEC UN LIVRE, TU N'AS PAS BESOIN D'ATTENDRE QUE TOUT LE MONDE SE DÉCIDE POUR SAVOIR QUELLE ~~CHAÎNE~~ **PAGE** REGARDER

TU PEUX **SAUTER** DES **PAGES**

TU PEUX **LIRE** TOUT DE SUITE **LA FIN**

 TA CASQUETTE
DE COMMANDANT

C'EST TOI LE CHEF !

TA COIFFE
DE GRAND CHEF

LE VRAI PLUS :
TU N'AS PAS BESOIN
D'ATTENDRE LA PUB POUR
TE TAPER UN MAXI CÔNE
CHOCOLAT/MERINGUE !

PARFOIS UN LIVRE PEUT DEVENIR
TON **MEILLEUR AMI**

NE TE LAISSERA JAMAIS TOMBER
COMME UNE VIEILLE CHAUSSETTE

JAMAIS JALOUX

RACONTE DES TRUCS
VRAIMENT INTÉRESSANTS

PÈTE LA FORME TOUTE L'ANNÉE

NE RADOTE JAMAIS

JAMAIS D'EMBROUILLE

TU PEUX TOUJOURS
COMPTER SUR LUI
(FONCTIONNE MÊME EN CAS
DE PANNE D'ÉLECTRICITÉ
DANS TOUT TON QUARTIER)

JAMAIS DE TRAHISON

TOUJOURS DE BONNE HUMEUR

NE FAIT JAMAIS LA GUEULE

SAUF SI TU EXAGÈRES

HÉ OUI, SI TU NE LE RESPECTES PAS, UN LIVRE PEUT **S'ÉNERVER** ET SE METTRE À **PARLER !**

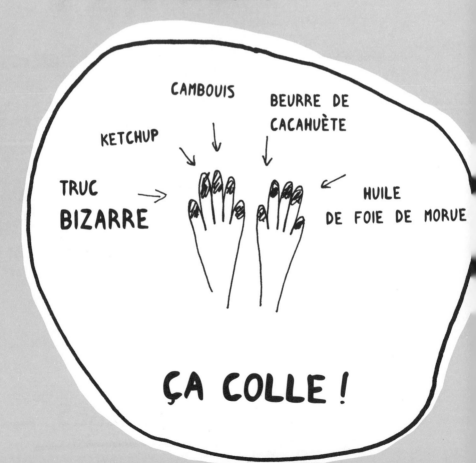

LIVRE TRÈS TRÈS
TRÈS FURIEUX

AVEC UN **BON LIVRE**,
TU NE PEUX **JAMAIS**
T'ENNUYER,
NI TOURNER EN ROND
PARCE QUE TU N'AS
RIEN À FAIRE

PAS COMME EUX

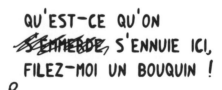

QU'EST-CE QU'ON
~~S'EMMERDE~~, S'ENNUIE ICI,
FILEZ-MOI UN BOUQUIN !

2000 TOURS/MINUTE

LA SUPER TECHNIQUE DU LIVRE INVISIBLE

(POUR T'INVENTER TOUTES LES HISTOIRES GÉNIALES QUI TE PASSENT PAR LA TÊTE)

1/ ÉCARTE LES 2 MAINS DEVANT TOI
2/ PRENDS UN AIR TRÈS CONCENTRÉ
3/ FAIS SEMBLANT DE TOURNER LES PAGES
4/ RACONTE-TOI TOUT CE QUE TU VEUX !

ENCORE MIEUX QUE L'IPAD

LES AVANTAGES :

1/ NE PÈSE RIEN, TRANSPORTABLE PARTOUT
À CHAQUE INSTANT
2/ TÉLÉCHARGEMENT **GRATUIT** ET ILLIMITÉ

BONNE NOUVELLE :

LES LIVRES SE CONSERVENT TRÈS BIEN

(TU NE PEUX PAS ÊTRE INTOXIQUÉ SI TU LIS UN LIVRE LONGTEMPS APRÈS L'AVOIR ACHETÉ)

$\longrightarrow$

LA PREUVE

AUJOURD'HUI	DANS **3** ANS

UN LIVRE TOUT NEUF

ENCORE TOUT FRAIS !

UN ŒUF DU JOUR

BEURK

LE MÊME, POURRI

UNE POMME DE TERRE

<u>NOUVELLE</u>

LA MÊME, HYPER<u>GERMÉE</u>

PARFOIS, UN LIVRE
PEUT DEVENIR UNE LAMPE,
QUI ÉCLAIRE
LES QUESTIONS
QUE TU TE POSES,
TE FAIT
COMPRENDRE
L'EXISTENCE
ET PROGRESSER

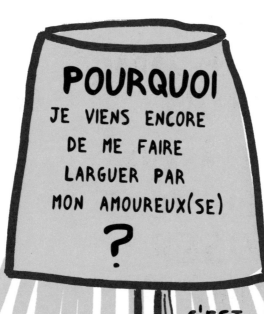

LES LIVRES
NE FONT JAMAIS
DE **BRUIT**.
GRÂCE À EUX,
TU PEUX TE
REPOSER
DANS UN
SUBLIME
SILENCE.

GROSSE MOUCHE
BAVARDE

LES BOUQUINS,
C'EST COMME LES LAPINS
IL EN NAÎT DES MILLIERS
DE NOUVEAUX
CHAQUE JOUR !

MAIS LES BOUQUINS, C'EST MIEUX QUE LES LAPINS PARCE QUE :

IL NE FAUT PAS NETTOYER LEUR CAGE TOUS LES MATINS

IL NE FAUT PAS LEUR FILER DE LA NOURRITURE TOUTES LES 5 MINUTES

INUTILE DE LES FAIRE GARDER QUAND TU PARS EN VACANCES

TU NE PEUX JAMAIS RETROUVER UN LIVRE RAIDE MORT DANS SA CAGE

UN LIVRE NE PUE PAS

UN LIVRE NE PEUT PAS FAIRE 25 BÉBÉS EN UNE SEULE NUIT

ALORS POUR TON ANNIVERSAIRE, DEMANDE UN LIVRE ET PAS UN LAPIN !!!

MESSAGE PERSONNEL

LA PERSONNE QUI A OUBLIÉ CETTE
VIEILLE CHAUSSETTE DANS
CE LIVRE EST PRIÉE DE VENIR LA
RÉCUPÉRER **IMMÉDIATEMENT.**
C'EST UN LIVRE SUR LES LIVRES,
PAS SUR LES CHAUSSETTES!

EN PLUS, ÇA GÂCHE
UNE PAGE!

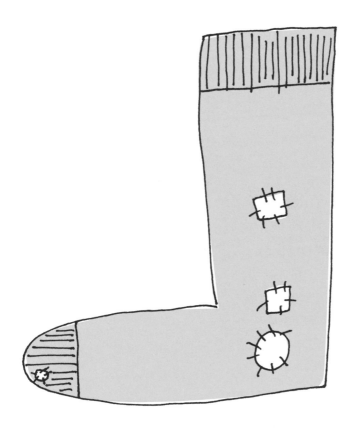

MERCI
+++

100 % OR

UN JOUR,
MON PRINCE VIENDRA
SUR SON GRAND
CHEVAL BLANC
POUR ME KIDNAPPER
ET IL METTRA
SES CHAUSSETTES
ET SON SLIP AU SALE
TOUT SEUL

GRÂCE AUX LIVRES, TU PEUX TOUJOURS RÊVER !

MOI,
JEAN-PIERRE,
12 ANS,
SUPER TOMBEUR
MILLIARDAIRE
MALGRÉ MOI

ÊTRE **ÉDUQUÉ** ET SAVOIR **LIRE** EST UNE **ÉNORME CHANCE,** ÇA **NOURRIT TON CERVEAU,** ÇA TE PERMET DE **BIEN RÉFLÉCHIR** ET DE **RÉALISER TES RÊVES LES PLUS FOUS**

CHAQUE LIVRE EST DONC UN **TRÉSOR** QUI **T'ENRICHIT**

LIVRE

MAIS ATTENTION !
AU CONTRAIRE, CERTAINS LIVRES PEUVENT TE RENDRE
DÉBILE PROFOND :

TOUT SUR
LES ANIMAUX
DOMESTIQUES
DES **PIPOLES**

PRÉFACE
DE **BOB**,
LE HAMSTER
DE **MADONNA**

BOB

LIRE = LIBERTÉ

ÇA SIGNIFIE QUE TU PEUX LIRE **TOUT** CE QUI TE FAIT **PLAISIR** !

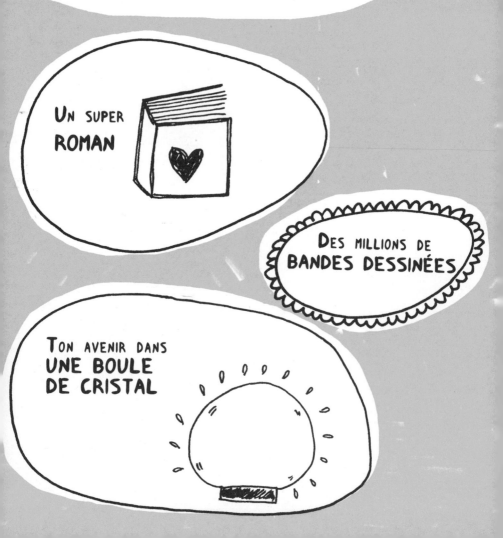

UN SUPER **ROMAN**

DES MILLIONS DE **BANDES DESSINÉES**

TON AVENIR DANS **UNE BOULE DE CRISTAL**

LE MODE DE CUISSON DES FRITES SURGELÉES
L'ŒUVRE COMPLÈTE DE LA CÉLÈBRE MARCELLE PROUT
LE DICTIONNAIRE
LES LIGNES DE TA MAIN
LE PROGRAMME TÉLÉ
TV
DES MAGAZINES

GRÂCE AUX LIVRES,
TU PEUX TE **CULTIVER**
TOUT SEUL

TOUT
SAVOIR
SUR
TOUT

C'EST VRAIMENT **GÉNIAL**,
TU PEUX MÊME DÉVORER
DES **LIVRES ARCHIBIZARRES**
SANS QUE PERSONNE
NE LE SACHE !

EXEMPLE :

TOUT SUR
LE SEXE CHEZ
LES ESKIMOS

IL TE SUFFIT
DE FABRIQUER
UNE NOUVELLE COUVERTURE

100 DÉLICIEUSES
RECETTES
DE COOKIES
POUR TOUTE
LA FAMILLE

Comment faire ?

1/ RECOUVRE TON LIVRE
   INAVOUABLE
   DE PAPIER BLANC

2/ INVENTE UN NOUVEAU TITRE
   ET FAIS UN DESSIN

ET HOP HOP HOP!
NI VU NI CONNU!

LE GRAPHIQUE QUI PROUVE QUE PLUS TU LIS, MOINS TU FAIS DE FAUTES D'ORTHOGRAPHE

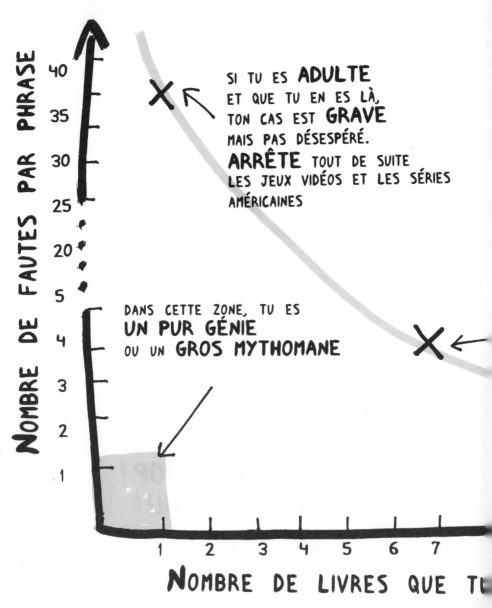

SI TU ES **ADULTE** ET QUE TU EN ES LÀ, TON CAS EST **GRAVE** MAIS PAS DÉSESPÉRÉ. **ARRÊTE** TOUT DE SUITE LES JEUX VIDÉOS ET LES SÉRIES AMÉRICAINES

DANS CETTE ZONE, TU ES **UN PUR GÉNIE** OU UN **GROS MYTHOMANE**

NOMBRE DE FAUTES PAR PHRASE

40 35 30 25 20 5 4 3 2 1

1 2 3 4 5 6 7

NOMBRE DE LIVRES QUE T(

TON
OBJECTIF
IDÉAL
(SI, C'EST POSSIBLE !)

ICI,
QUI QUE TU SOIS,
TU PEUX **FAIRE
BEAUCOUP MIEUX,**
MAIS C'EST TOI
QUI DÉCIDES...

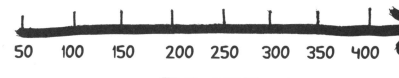

50   100   150   200   250   300   350   400

AS LUS DANS TOUTE TA VIE

SI LES **GROS** LIVRES DE **500** PAGES T'EFFRAIENT, COMMENCE PAR DES LIVRES **RASSURANTS** ET **MINUSCULES** DE **4** PAGES

REGARDE

TABLEAU COMPARATIF

CAS N°1

LIVRE ÉNORME À CÔTÉ D'UNE MINI TOMATE
ET D'UNE CROTTE DE CANICHE NAIN

CAS N°2

TOUT PETIT LIVRE À CÔTÉ DE LA MÊME TOMATE
ET DE LA MÊME CROTTE

Avec un livre, tu peux DÉCOUVRIR et EXPLORER tous les pays du monde SANS POLLUER LA PLANÈTE

JULES VERNE

LE TOUR DU MONDE EN 80 JOURS

DE LA TERRE À LA LUNE

TU PEUX MÊME VOYAGER DANS LE TEMPS !

C'EST DINGUE, NON ?

ALORS ATTRAPE UN BOUQUIN,
POSE TES JOLIES FESSES
DANS CE FAUTEUIL
ET PARS À L'AVENTURE !

MOINS CHER
QUE L'AVION

PAS D'ATTENTE
À L'AÉROPORT

CRASH AÉRIEN
IMPOSSIBLE

PERSONNE
NE TE FOUILLE

PAS BESOIN
D'ATTACHER
TA CEINTURE

PAS DE
DÉCALAGE HORAIRE

DÉTOURNEMENT
PAR DES TERRORISTES
IMPROBABLE

CERTAINS LIVRES SONT TELLEMENT **PASSIONNANTS** QUE TU NE VEUX PAS LES LÂCHER AVANT **LA FIN!** VOICI TON **ÉQUIPEMENT IDÉAL** POUR LIRE UN GROS ROMAN D'UN SEUL COUP (24 HEURES SUR 24)

UNE COUCHE POUR ÉVITER LES PAUSES **PIPI** (QUEL QUE SOIT TON ÂGE)

SUPER! TU POURRAS TENIR **PLUSIEURS JOURS** SANS T'ARRÊTER

PETITE SUGGESTION
POUR NE PAS ÊTRE **EMBÊTÉ**
PAR DES INCONNUS QUAND
TU AS ENVIE DE RESTER
TOUT SEUL, VRAIMENT
TOUT SEUL

CHOISIS LE BON **TITRE !**

MÉTHODE TESTÉE ET APPROUVÉE AUSSI SUR LA PLAGE,
DANS LE BUS, LE MÉTRO ET AUX TERRASSES DE CAFÉ

MÊME PAS OBLIGÉ DE LIRE... TU PEUX AUSSI
RONFLER OU RÊVER DERRIÈRE LA COUVERTURE

ENTRE CES DEUX CADEAUX, LEQUEL PRÉFÈRES-TU ?

AU CHOIX

(1)

(2)

  DES FRAISES TAGAD
EN QUANTITÉ ILLIMITÉ
JUSQU'À TA MORT

 LE GRAND
DICTIONNAIRE
DE LA
PHILOSOPHIE

 **+**
UN SÉJOUR
DE RÊVE SUR
UNE ÎLE DÉSERTE

 +
UN BILLET
POUR LE CONCE
DE TON GROUPE
PRÉFÉRÉ

+

 L'HOMME
OU LA FEMME
DE TA VIE

Remarque :

Si tu choisis le cadeau ①
quel que soit ton âge,
tu n'es pas du tout normal.
Il n'y a pas que la lecture dans la vie !
Prends vite rendez-vous chez un médecin…

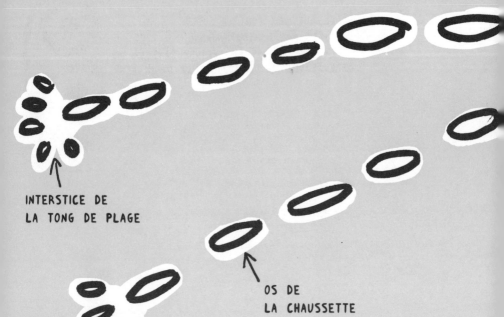

L'ANATOMIE
POUR
LES NAZES

BOSSE DES MATHS

OS DE LA MONTRE

GRAND OS DU SLIP

CRÂNE D'ŒUF

DOIGT D'HONNEUR

LA V.B.I.
(VRAIE BONNE IDÉE)

SI TU N'AS PAS ENVIE DE LIRE, TU PEUX **DORMIR AVEC UN LIVRE** : IL DIFFUSERA SES **ONDES MAGIQUES** TOUTE LA NUIT

LA PREUVE

UN SOIR...

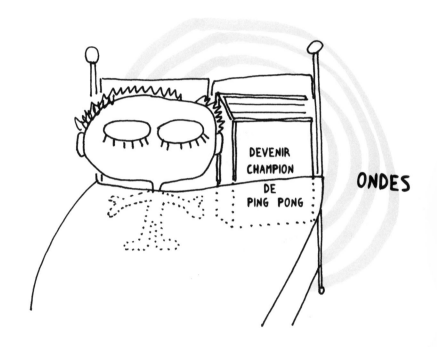

DEVENIR
CHAMPION
DE
PING PONG

ONDES

ET LE LENDEMAIN MATIN...

LE CHAMPION OLYMPIQUE
QUE TU VIENS D'ÉCRASER
APRÈS TON PETIT DÉJEUNER

TOI

NOTE :

CETTE PAGE N'EST PAS COMPRISE DANS LE PRIX DU LIVRE
CAR ELLE RACONTE VRAIMENT TROP N'IMPORTE QUOI ET QUE QUAND MÊME,
IL NE FAUT PAS EXAGÉRER

MON ŒIL

PLUS TU LIRAS :

1/ PLUS TU DEVIENDRAS RICHE ET CÉLÈBRE DANS LE MONDE ENTIER

2/ PLUS TU PASSERAS À LA TÉLÉ ET FERAS LA UNE DES MAGAZINES

3/ PLUS LES GENS TE RECONNAÎTRONT DANS LA RUE

PETIT FLASH
PUBLICITAIRE

ACHÈTE VITE LES
LUNETTES MAGIQUES

POUR COMPRENDRE SANS EFFORT
TOUS LES LIVRES COMPLIQUÉS DU MONDE !

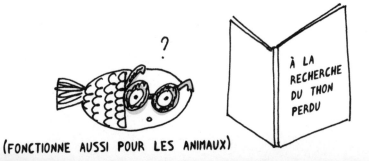

À LA
RECHERCHE
DU THON
PERDU

(FONCTIONNE AUSSI POUR LES ANIMAUX)

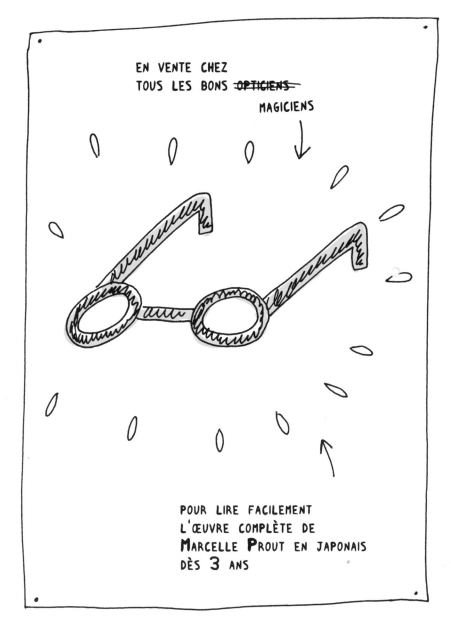

EN VENTE CHEZ
TOUS LES BONS ~~OPTICIENS~~

MAGICIENS

POUR LIRE FACILEMENT
L'ŒUVRE COMPLÈTE DE
MARCELLE PROUT EN JAPONAIS
DÈS 3 ANS

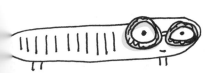

SI TU AS **PARFOIS** DU MAL À T'ENDORMIR, UN LIVRE **TRÈS TRÈS TRÈS ENNUYEUX** PEUT T'AIDER À BIEN **ROUPILLER**

PLUS BESOIN DE **SIROP**

NI DE **SOMNIFÈRES**

NI DE **MOUTONS** À **COMPTER**

LE TRUC

POUR AVALER DES LIVRES

MÊME SI TU N'AIMES PAS LIRE

1/ CHOISIS UN LIVRE

2/ FERME LES YEUX

3/ IMAGINE QUE LE LIVRE
EST UN **GÂTEAU AU CHOCOLAT
MORTELLEMENT DÉLICIEUX** BOURRÉ
DE TA CRÈME PRÉFÉRÉE

4/ GRIGNOTES-EN UN PETIT MORCEAU TOUS LES JOURS

5/ QUAND TU L'AS TERMINÉ, ENCHAÎNE AVEC UN NOUVEAU LIVRE
EN IMAGINANT UNE **PIZZA 12 FROMAGES** GÉANTE

NOTE :
N'OUBLIE PAS DE ROUVRIR LES YEUX
DÈS LA PREMIÈRE BOUCHÉE, SINON C'EST RATÉ

HAPPY LECTURE !

MIAM

MIAM

1 PART = 1 CHAPITRE

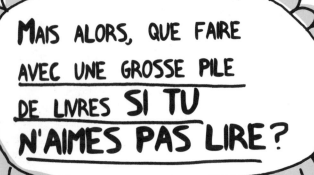

MAIS ALORS, QUE FAIRE AVEC UNE GROSSE PILE DE LIVRES SI TU N'AIMES PAS LIRE?

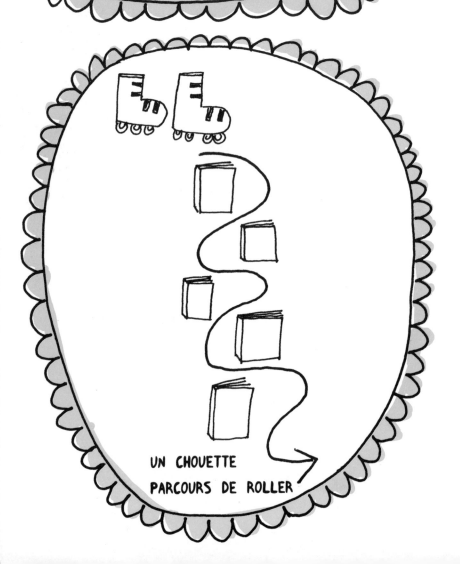

UN CHOUETTE PARCOURS DE ROLLER

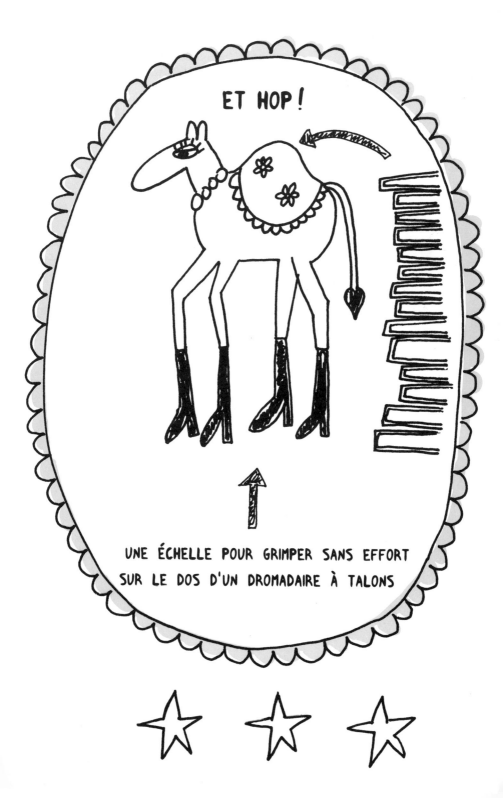

LORSQU'UN LIVRE EST VRAIMENT **TROP NUL** (ET QUE TOUT LE MONDE EST D'ACCORD AUTOUR DE TOI), TU **AS L'AUTORISATION EXCEPTIONNELLE** DE FAIRE DES CHOSES NORMALEMENT **INTERDITES**

DES MILLIONS
DE CONFETTIS

UN BATEAU POUR
JOUER DANS TON BAIN

UN ROULEAU
DE PAPIER TOILETTE
ORIGINAL

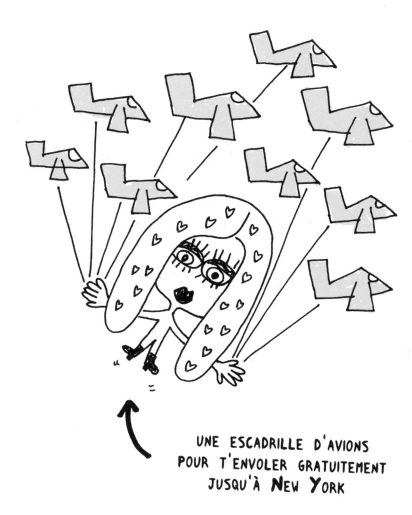

UNE ESCADRILLE D'AVIONS
POUR T'ENVOLER GRATUITEMENT
JUSQU'À NEW YORK

DEUXIÈME AVERTISSEMENT:
MAIS SI TU ESSAIES DE DÉCOUPER **CE** LIVRE,
TU VAS RECEVOIR UNE DÉCHARGE ÉLECTRIQUE SURPUISSANTE
ET TE TRANSFORMER EN MERGUEZ TROP CUITE

POUR CONCLURE, CONNAIS-TU LE **VRAI SUPER AVANTAGE** DES LIVRES ?

1/ C'EST EXTRAORDINAIRE !

2/ MÊME SI TU NE LES OUVRES JAMAIS...

3/ ILS PEUVENT TE SERVIR À AVOIR L'AIR INTELLIGENT (MÊME SI TU ES COMPLÈTEMENT ABRUTI)

1) ALORS LAISSE TRAÎNER DES LIVRES HYPER
COMPLIQUÉS PARTOUT CHEZ TOI

2) ET CONTINUE À REGARDER
TES JEUX NULS PRÉFÉRÉS À LA TÉLÉ!

LA VIE EST BELLE, NON?

HÉ OUI, MON CHOU, C'EST LA **FIN**

MAIS NE SOIS PAS TRISTE CAR MAINTENANT TU ES LIBRE DE FAIRE PLEIN DE CHOSES INTÉRESSANTES COMME :

IDÉES VRAIMENT BRILLANTES

↓

- RELIRE CE LIVRE

- L'OFFRIR À TOUS TES COPAINS

- EN LIRE UN AUTRE DE LA MÊME AUTEURE

- LIRE TOUS LES LIVRES DE LA MÊME AUTEURE

IDÉES MOINS BRILLANTES, MAIS ACCEPTABLES

↓

- LIRE UN LIVRE D'UN AUTRE AUTEUR

- PRENDRE UN BON BAIN CHAUD

- MANGER UNE GLACE AUX MACARONS

- FAIRE DES BLAGUES AU TÉLÉPHONE

- LANCER UNE BOULE PUANTE

Édition : Jean-Christophe Fournier
Direction artistique : Lieve Louwagie
Maquette : Cécile Chaumet
Relecture : Christiane Keukens-Poirier
Fabrication : Lucile Davesnes-Germaine
Photogravure : Fap